星の身体《ほしのからだ》

福島直哉

書肆 子午線

造本・装幀＝稲川方人

目次

星の身体

霜のついた瞼に咲く花の匂いを嗅いで

頬にこぼれる瞳は藍色のそら
赤子を抱く雲は
透明なゆりかごとなって
いつか海岸線に変わる鳥の声がほどいてゆく
春の　丘の

水の記憶を揺らして
すみれの花びらだけがわたしを知っていた頃の
どこにもない場所
どこにでもあった場所を思い出せば
遠く
地平線の

白い
（からだを失ったあとの
わたしの名前を呼んで
でもどうしても
辿り着けない
淡い風の時間
黄色い想像
一緒に罪の中を歩いても
誰もいない
空の唇

衰弱と
変換と
光の
肌）

病床と樺の木

春の星座の眼差しを受け
青白く点滅する身体の中で
宙に浮かぶ砂時計を眺めていれば
夜の野原でたけにぐさが揺れていることも
空が優しく死を見つめていることも
遠くの丘に立っている樺の木が
雪山に向かって小さな鈴を鳴らしていることも

その音を聴きながら
たくさんの木霊がいるね
そんなぼくたちも木霊だったね、と
子どもたちが楽しそうに話をしていることも
みんなひとつの新鮮な風となって
青い血液の中を流れてゆく

円錐形のひかりへ

（大きな眼差しに包まれて
わたしを幽霊に変えて）
暗闇を揺らす竹林の囁き
妖しい蛋白石の雲を抜けて
どこまでもいこうとする視線
限界からこぼれ落ちてくる
燐光（文字のない手紙）
瞬きを始める三百年
円錐形のひかりへ
伸ばした腕は
骨だけを残して
溶けてゆく静脈が

星と重なる（ずれた視界に穴が開く）
瞳に遷る青い炎はいつまでも
銀河を流れる川の記憶を知っている

（そのとき知らない丘で空を見上げていた。雲ひとつない、たくさんの星が巡る丘で、まるでからだが宇宙になったみたいだよって、隣にいた誰かに向かって話しかけていた。）

だからわたしは
わたしではなくなるまえに
思い出す名前を
その一つ一つを
土地の名として
伽藍堂の空へ
還そうと思う

（それから誰もいない春の道を歩いて
風のこどもたちに会いに行こう）

あたらしい涙に包まれて
河原に火を灯す影法師
境目を失ったかなしみから
こぼれ落ちてくる燐光
(どうしようもない孤独の温もり)
永遠を含んだ葉音に洗われて
薄くなる肌
震える指の先
ゆれる青い胡桃を
月がそっと飴色に染めれば
千切れた蛋白石の雲の間を
鱗をきらきらさせながら
鰯の群れが通過する

白亜の道

虚ろで満たされてゆく玉髄の雲
どうしようもない孤独の温もり
空の静脈に触れてずれてゆく音
濤に洗われる岬のさき（のさき）
葛の花が散る紫の海岸線に鳴り響く
十一時の鐘（岩の声）
佇んでいた
三つの影

誰かの

息（ひかり）

なくなった
道を歩けば
わたしは
盲目になるのだから
ちぎれた腕で雲に触れて
近づいてくる
土地の匂いと鳥が持たされた空間を
透き通ってしまった雨に
剥がれてゆく意味を
真っ白に反射させて

岬の木々は
もうすぐ生き物になる
（空からの贈りものが
つめたくかがやいている）

浄土大橋を渡って

見えてくる墓地を
さらに渡って
反転しようとする景色と
反転できないわたしによって
この場所は名前を失くして
体内に流れてくるものも
外へと溢れてゆくものも
遠ざかってゆくものとして
いかり
それは仮の名として
ひかり
それは仮の名として

ゆき
まなざし
その
二つの色彩に骨が染まり
うつろになる

空（ほこら）
からからと揺れる（音がして）
眼が耳に変わり
耳が眼に変わる
動けなくなった身体は
うつりゆく所在を
求めることもなくもとめ
（あなたはここで
冷たさを保っているのに
わたしの声はまだ
風にならない）
忘れていた歌を口ずさみながら
人であることを少しずつ
忘れようとする

別れ

今日もまた知らない丘
（知らない街　知らない海）
氷を含んだつめたい風が
知らない夜を虹色に揺らし
（月光を浴びて　雲は玉髄の肌）
山の稜線は暗闇に溶け
草穂は夜の漣に震え
（どこまでも薄くなって）
動けなくなった身体の中から
紺青の空を眺めれば
きらきら零れる雲母の欠片が

耳元でそっと呟くように
最後の約束を伝えて
（すべて木霊の景色のなか）
地面と宙との距離は縮まり
　……生きているものは死んでいて
　死んでいるものは生きていて……
　　風と遊ぶこどもたちは
　　　野原に鈴蘭の明かりを灯し
　　　　海や街を眺めるものは
　　　　　音を失くした歌をうたって
　　　　……わたしであったものが
　　　わたしではなくなる
　　粒子の思い出……
　玉髄の雲が月を隠し
　　風が獣の瞳に変われば
　　　露草は青い炎を夜空に掲げ
　　　　……記憶のような体温と
　　　　　体温のような記憶と……

夜空を描く春の瞼が
　光と影の泪を揺らせば
　　獣たちの温かい暗闇が
　　　奇数の森を広げてゆく
　　　　すべて木霊の景色のなか
　　　　……懐かしい土の匂いがすれば
　　　　わたしはもう死んでいて……
　　　だれもいないそらのした
　　梢の音が聞こえてくれば
　夏の鳥は天頂へと向かい
秋の雲が鉛の雨を降らせば
琴座は古い物語を鳴らして
……鉱物の空を渡ってゆく船や
燐光を投げる海豚の群れ……
東へ流れる赤いさそりや
てんびんの青い川岸
……みんな木星の
大きな腕に包まれて……

まばたきは羽根
（月は白亜の標本）
ひかりの降る季節には
（身体を燃やして何度も泣いて）
あなたが海にいた日のことを
（呼吸のように思い出す）

春の幻燈

霧が白い波を震わせる薄明には
季節を忘れたねむの木が目を覚まして
（でももうすぐここを離れていかなければいけない）
空に灯る数千の小さな明かり
向こうの川岸からやってくる馬の群れ
いつからかお守りにしていた
すずめやひばりの描く
透明な模様
（でももうすぐここを離れていかなければいけない）
（わたしにはまだ死にたい場所があるのだから）
つめたい春の野原
わたしを拒んだ岩山

みぞれ混じりの道
五十年後を揺らす湖
百年前の桜の香り
柔らかなたてがみを靡かせる馬の群れ
蹄の音が作る光の階段
雲の憂欝
(愛したもの
愛せなかったもの)
空の眼差しに見つかって
木霊へ還ってゆくもの
地面の記憶を思い出して
もう一度生まれるもの
きれいな火を灯していた狐の尻尾
遠くの歌を聴いていた夕暮れの青
鼠色の空が教えてくれた
つめたい畦の一本道
(すずめ　ひばり)
川原で眠っていた胡桃の子

薄の野原を泳いでいた魚の群れ
熊除けの鈴を鳴らしながら
わたしではなくなった夜
暗闇と杉林と一つになって
わたしではなくなった夜
それでもずっと揺れていた
蛍火のような風
いないあなたと歩いた
つめたい宙の畦道

蛍石の散らばる空の下で

心臓に結ばれていた紐が解けて
りんどうの花が教えてくれた
時間のない丘を
何度も訪れて
（いつの間にか
雲は灰色に変わり）
月も滲むように
琥珀の空を広げて
（視界の外ではずっと
硝子の雨が降り注いでいる）
二重の景色を抱けば
ここにもまた桃色の雪が降り注ぎ

（透き通るだけの身体となって）
死んでも
死んでも
死ねない光のことを
何度も教わって
（土星と木星の川が溶けあう場所で
喉を失っていたでしょう）
（そのときわたしたちは
荻や薄と同じ姿だったでしょう）
いつか別れてゆくために
沈黙が音色のように流れる宙の下で
たくさんの夜を歩いて
また透き通って
（ほらっ
夜のつめたい風に向かって話しかければ
言葉もまた星になるよ）
どこまでも裂けてゆく景色の中を
わたしはまっすぐに進んでゆくから

（でも彼方なんてものがないってそんなことも知っているよ）
（でも彼方なんてものがあるからぼくたちは生きているんだよ）
（分裂してゆく身体がさらに分裂し続けても歩いていけるかな）
（いまこのときもわたしをわたしと呼べるのかわからないね）
（でもそのことはもう考えなくて大丈夫だよ）
（もし歩けなくなったらそこにあるものをずっと眺めていよう）
（それもまた血液になるということだから）
（あなたの見ていた空がわたしの肺の中に広がってゆくよ）

てんびん座の近くにある泡の駅では
あなたの背中が揺れていて
（この景色もまた
いつかの夜に届けられて）

（だからもっと遠くへ行くよ）

（もう遠くへは行けないよ）

声は砂の記憶になって
瞳は白い川になって
（だからもう遠くへは行けないよ）

（でももっと遠くへ行くよ）

何度も何度も死ねない光のことを教わって

（だからきみは取り残されてゆくよ
そしてここがきみのお墓になるよ
きみのお墓はきみが作るよ）

（だからぼくは取り残されてゆくよ
でもお墓はもうたくさんあるから
ぼくのお墓はいらないよ）

（知らない場所が
故郷になってゆくだけで
ぼくはじゅうぶんだよ）

でもお墓は勝手に出来てしまうだろうから
やっぱりわたしは遠くへ行くよ

彼方がないことを知って

ここが彼方であることを知って

（ここに届けられてくるものだけを

現実だと思って）

心臓に
結ばれていた
紐が解けて

りんどうの花が
教えてくれた
琥珀色の空からはずっと
桃色の雪が降り注いでいる

九月の春

あき地の野菊や昔蓬を渡ってゆく一匹の蝶々が
陽の光を柔らかくする、九月の
空一面、透明に溢れ
透明に溢れて
遠くにいる友人が、数分間
重力を解いてゆく
空の
そこへはまだいけないと
声にならない声の先端

浮かんでゆく砂時計が
一つ、割れて、二つ、鳥になって
いま三つの感情を平らに均しているのは空の農夫
白くなった瞳を凪いでゆくのは空のカーテン
からだを流れてゆくのは空の静脈
いつか歩いてゆく
空の（ねぇ、これは何度目の九月
何度目の春だろう）

海と心音

いつから身体は知っていたのだろう
沖に浮かぶ灰色の積乱雲を見た季節も忘れて
（そのときにはきっともう裂けていた）
ねぇ、海に咲いている百合の花を見たのはいつだった？
切通しの道を影法師のように歩いていたのは誰だった？
竹林のうたを聴いて胡桃の川を渡って雲が鳴らす無音ばかりがきらめいて

わたしを忘れるように
汀に何度も身を委ねて
浜辺で海藻が横たわっているのも
鳶が空を呼ぶように鳴いているのも
波を避けながら貝殻を拾ったりするのも

砕けた波が光に反射して笑っているのを眺めることも好きだったけれど
夕暮れを過ぎて吹いてくる潮風が確実に身体を攫い
そのときにやってくる死の姿、その表情がわたしにとっての温もりだった
風というものがあらゆる生き物の瞳のやさしさを運んでくる代わりに
わたしのなかにあるものをたえず奪ってゆく、というその事実が
わたしには生きているということだった

夕日が沈んで夜がどこまで深くなっても家に帰れないときには
月や雲や黒く染まった山や木々と一緒に漣の音を聴きながら
わたしはわたしではないものばかりで出来ているんだよ、と
風に話しかけて

それでもわたしはわたしであることを止めることはできないから
あなたであることを止めなかったあなたに
何度も会いに行くのだと思う

そして静かに降り注ぐ胞子のような雪が肌に触れて溶ける一瞬の光の澱や
松の木がさらさらと鳴り始める真夜中にこぼれる星の冷たい眼差しが

いつまでもひとりで泣いている人のことを教えてくれるから
わたしはもう誰にも会わなくていいのだと思う

だからわたしはこれから誰にも知られずに海を歩いて行くのだと思う

からだをなくして歩けなくなったとしても
歩けなくなったさびしさでわたしはまた歩いてゆくのだと思う

どこまでも一人になってもう二度と誰とも会えなくなっても

わたしはいまあなたと一緒に生きているのだと思う

柏の掌

雪の反照に唇が溶けて
三日月の形をした硝子がこぼれ落ちる
柏の林からはたくさんの視線が注がれて
そこへ震える腕をのばせば
時間も眠りにつくように
風の音が肺を流れてゆく
流氷のような雲　瞬く
あの荒星の奏鳴が届くまでには
もうここにいないだろうわたし
砂の道を教えるのは朧な月
凍った大気に囁くのは銀の分子
笹船が運んでくる口笛を聴いて
瞳は遠くの湖を揺らし

溶けてゆく唇からはたえず
雪のフィルムが流れてゆくけれど
もう泣いてはいけない
もう泣いてはいけないと
枝を使って誰かが呟く
静寂も結晶になれば
底をなくしたように
群青を集めた蒼穹《そら》
その円環から遷りゆくように
わたしの瞳に鹿の瞳が重なれば
星の間を様々な元素が流れ
記号の波　その弾ける色彩から
様々な生き物が生まれてはまた宙を流れ
お前たちもまた
故郷を思い出すことがあるか、と呟けば
柏の冷たい掌がぱらぱらと
凪を真似て落ちてくる

秋の野原

虫の音に響き合う秋の連星と
菊の花を咲かせた外灯
層雲は畝をつくりながら
北の海を思い出すように
その名残を地上へと降らし
このまま向こうの森へむかえば
もう二度と会えなくなる　夜空から聞こえてくる　音が
幻聴であるのなら　記憶にはないものを思い出して
静止しているすべての生き物と目を合わせれば（発光する
ここはもう時間を失くして
こころにも月が昇れば
船のように涙が流れてゆく　宙で

ぽつんと浮かぶ木星を見つけて　そのまま
みなみのうお座を見つけて
西へ辿って　ミラを通過して　こんなにも
出会う場所がまだたくさんあるのに
もう誰にも会えないということが
小さな温もりとなって
瞼の中で少しずつ
わたしの心臓になる（静止しているすべての生き物と目を合わせれば
発光する　その小さな光の粒が
わたしの故郷だよ）
真夜中を過ぎて
秋の野原が眠りに就けば
稲穂は銀色を鳴らして
森の近くに並んでいる外灯が
今度は露草のような青い瞳をしている

花の日

（月の野原は揺れ
昴が降り注ぐ夜）
向かいの山は緑色の輝石を空に捧げ
降りてくる鳥の群れは肺のまぼろし
透ける指先に川底の青い光が遷り
眠る叢を風が融かしてゆけば
森の奥から鳴り響いてくるのは櫟の葉
（……水銀の明かり……琴の音《ね》………）
氷のような
層積雲の空の下
発光することの痛みを忘れ
ぼんやりと遠くを眺めれば

紫色の明るい裂けめ
（触れればまた
青白く燃えて）
辺りは胞子のような霧が漂い
（対岸の杉林から聴こえてくるのは
誰かの声………わたしの声………誰かの）
淡い月が凝灰岩の断層に錆びた光を打ちつけ
（灰色の心象と
崩れてゆく心音と）
胡桃林の黒い細波が
からだを星へ還そうとすれば
わたしはそのまま
からだを空へと投げ出して

（何度生まれただろう　わたしたち

空の水溜まりを
誰かが渡ってゆけば

（川の底からも空を見上げることができるし）
宙にも森があることがわかる

（いつかその森を渡っていったこともある
（あれは百年前？　いや五百年前？
（千八十年前
（そう、千八十年前
（もう誰の声でもいい　わたしたち
（でも血は流れているね
（名前がなくても
（名前しかなくなっても

星に近づけば
ぽろぽろと皮膚は剥がれて
蹲って泣いているもの
丘を見つめて影になるもの
裸足で駆けてゆくもの
虹彩の波に跳ねる生き物を眺めて

そらを流れる川の音に身を委ねれば
もう何も見えなくなって
そのまま煤けた砂粒になって
灰になって塵になって
（それでもたくさん
風の気持ちが溢れてくる）
からだがなくても息をしている

（何度生まれただろう　わたしたち
（もう誰もいないのに
（梢が揺れれば　また目を覚まして
（緑色の瞳をしてさ
（はじめての朝にだけ　せかいを愛していて
（ほこりが船のように揺れて
（松の木が見ていた夕暮れ
（海の底で咲いていた矢車草
（知らない思い出ばかりが残って
（ポラリスが揺らす楊の木

（月が見える泡の駅
（そこでうたを聴いて
（もうたくさんのこと　言えなくなって
（それもまた　ひとって呼ばれて
（わたしには
（光の距離がちょうどよかった
（いつか空から波の音が聴こえて
（灰色になって
（夜空も星も肺も透けて
（涙だけがまだ瞳を揺らしていて
（わたしはいつも
（ばらばらでよかった
（誰かに話しかけるには
（光の距離がちょうどよかった
（あなたの声を聴くのは
（光の距離がちょうどよかった

二月の底

藍玉の浸透深く
カルボン酸に溶けゆく真夜中
星を真似する外灯を渡っていけば
ぽたぽたと
真っ赤な血が流れても流れず
錫色の風が皮膚を裂いても裂かれない
二月の底　青白く
震怒を月に掲げれば
畑のへりの梅の木は夜空に立ち
鉛の雨を降らし　きらめいて
わたしはもう人でなくなる
なくならない

でも
　もう二度と
　　そっちへ戻ることはないんだよ
滴を空に捨てて
一、億、そのあとを辿って
月と記憶
鉄塔の乱反射
もう追いかけっこはやめて梢
須臾、そのあとを辿って星　消えて
きらめいて
碧く澄んだ空に澄み
黒く沈んだ夜に沈んで
歩き続けここに留まり歩き続けて
わたしはただ
いのちが物語になることを永遠に認めない
ただ　それだけのことだよ
　風のつめたさや
　　そのあたたかさ

水を揺らすいのちのあかるさ
手紙に透けた指先の瞳の色を数えて
那由多、その先を辿って
二月の凍った雲の中に
不思議な灯りを見つければ
枯れた野原にも
暗い浜辺にも
透明な花びらが降ってくる
ただ　それだけのことだよ
　滴を空に捨てて、そのまま
その先を辿るんだよ

椿の葉は鉛色の光を含み

椿の葉は鉛色の光を含み
檜の枝は紺色の空に溶け
風の秘密を眸に透かせば
（目の前で火花を散らす外灯）
鏡の記憶を閉じて
錆びた歩道橋を歩いてゆけば
（去ってゆくものと
去ってゆくもの）
月との永遠の会話
青く点滅する体のやさしさ
大きな坂を下り
星のない道を歩いてゆけば

影を揺らす樹々の静けさ
(海に変わる空の静けさ)
喪神のうつくしさ

白い空の下
あざみの咲く道端で
眠る一匹の犬をしばらく眺めていれば
雲だけが南の方へと流れ
わたしも空も犬になって
犬もわたしも空になって
空も犬もわたしになって
ここでずっと眠っていたのは
わたしであることに気づいて
雪のような胞子が
犬を包むように降りそそぎ
もう何も見えなくなって

もう帰りたい、と呟けば

もう帰ろう、と景色が呟いて

夜を流れる川の音に梢は震え
花びらは紺色の空に落ち
水紋を広げて
宙を泳いでいる海月や
そこへ伸びてゆく静脈を
ぼんやりと眺めれば
(燐光は灰色に揺れ)
もう大丈夫だよ、と呟いた
病室の空が(あなたの瞳が)
身体中に広がってゆく

からだをなくして
それでも生きているさびしさをいのちと呼んで
わたしはもう二度と
誰かに会うことはなくなって
そのことに少しほっとしながら

溜息をこぼすようにそっと空を見上げて
ひかりとかげが一つの音のように
雲の中を流れてゆくあいだ
わたしはこえやことばを使うことに
激しくかなしみながら
そこで流れてゆく多くの景色を
故郷のように眺めている

宇田川

黝く広がる
脂肪酸迫る夕暮れに
外灯だけはいつも
生まれたての瞳をしていて
(身体の内側や外側で点滅をするように
かたちのないかたちとしてこぼれてゆくものが
ときにわたしと呼ばれたり
景色と呼ばれたりする)
虚空を通過する箒星の
その尾から零れる光が
夕暮れの火に溶けて
白い雲が石英に変わる

その欠片を風が攫って
青い鳥の瞳が開く
山の向こう側
目には見えない循環を
案山子になって見つめるものや
風に溶けて残るもの
漁火のような
微かな記憶に身を預け
外灯が澪標に変われば
宙を流れる鴇色の香りに涙は触れて
(ここにいた
牛たちの声が聞こえてくれば
わたしは蝋燭の火を消すように
からだとの約束を解いて)
薄の野原が硝子のように空で揺れれば
わたしは空を歩いてゆくし
子供の頃に通った川沿いの道を
もう一度歩いてゆけば

わたしは川そのものにもなる
（二つの故郷を歩いて行けばだれだって
みんなそのようになる）
　　なぁ　そうだろ？　がらんどう
　二十年前の陽ざしを浴びて
新しく出来た貯水池を抜けて
コンクリートから生えてくる
楢や樫の木立も抜けて
川で泳いでいる鯉や鮒はまだ
たくさんの鏡を作っているね
木漏れ日も地面にいくつも輪を描いて
いつの間にか叢の中ではぽつんと子供が立っているし
その子供の手を繋いでまた一人になれば
畑の隅に咲くほとけのざは紫色の明かりを灯して
その明かりが菫色の空と溶け合えばぱらぱらと
藪の椿が汞《みずがね》の雫をこぼしてゆく
もう別れを告げるものもいない
黒くゆらめく瞳の先で

針葉樹も手を振るように
青いピアノを大気に鳴らせば
藪の椿もわたしも風のひときれ
春を告げて
別れてゆく大犬座に
近づくように歩いてゆけば
皮膚はずっと泣いていて
　それはきっと
遠くの国を流れる大きな川の
洪水の季節を告げていた光の
記憶のためだよ
この冥色の夕暮れを
わたしは生まれる前から愛していて
　それはきっと
家から抜け出した子供が
時間の止まった鋼色の夜空に震えて
水色の祈りを見つめる瞳と
それでも流れてゆく一瞬の

透明の体温を見つめる瞳の
記憶のためだよ
　ねぇ　わたしはそこで
　誰かに会っていたんだね
棕櫚の木が落とした種のことや
空に紛れて届いてくる朱色の風や小麦の穂
黄金の穂
銀色に溶けて
肺や心臓に広がる
宙のさびしさ
に近づけば
藍色の肌
　もうここからいなくなっても
いいと思えること
喉を失くして声を失くして
剥がれてゆく爪の先から
毀れてゆく赤い先から
それでも聴こえる

海の音

ねぇ　わたしたちはいつも漣のように
いのちの音　聴けてた？
喉を失くして声を失くして
　聴けないこともあったね
宵の向こう
空を歩いていけば
ほとけのざは
地上の星座
つめたい風に
薄の穂は眠りについて
届いてくるのは
鳥の群れ
のような
風の群れ
いくら近づいても
近づけない
星の灯に

薄くなる心を
もう一度心で包んで
おいで
風の群れ
鳥の群れ
ここへたくさん降りておいで
盃のような三日月が高く昇れば
今日はみんな旅人になるから

ここで会えないのなら
今度は地面のない道
歩いて会おうね

それでも会えないこと
わかったからわたしたち
ここにもひかりがあることを
知ることが出来たよね

硝子野原の上で

水に濡れて
薄の穂は露に透けて
群青の羽根を広げた空
銀の粒子を捧げる杉林や天体に変わる外灯
目に映ってしまう虹色の波や
鐘の音を響かせる山に
結ばれてゆく心臓
黒い湖
（そんな光景をわたしは何千回も眺めていた気がする）
そしてまた降り注いでくる
まぼろしのような雪
虚ろになる瞳
黒い湖の畔
切られた樹々のそばで泣いている子供

水を飲んでいる牛や馬の姿
雪に触れて
青く灯ってゆく
硝子の野原
黒い湖の畔
生まれる前から
目を合わせていた
宙の瞳
透けて　東へ流れてゆく雲の群れ
透けて　頬を溶かす風
ねぇ　また　忘れてゆくの？
透けて　声にならない空
水紋が揺れるように
傷ついてゆく
星の空

麦星

目を覚ませば　遠く
静かに降り注いでゆく永遠のなか
芒の下で眠っているものに口づけをして
　ねぇ　ここで死んでゆくことを許して
遠く　麦星の赤い灯りだけが鳴いている

風の野原

静脈を結ぶ
芒の呼吸　風の呼吸

うめばちそうの硝子の芽

宙の綱を渡って

ねぇ

人のいない場所へ帰って行くことを許して

宙の綱を渡って

風の紐が初夏を編んで
陽に溶けた手紙の水溜まり
叢に飛び散る瑠璃玉の
瞼の奥に留まるあなたの憂慮が広げていた空
濁っていても　いつも　きれいな空
夕凪から漏れる琴の音に編まれて
透けてゆく心の底　閉じているあなたの胸に耳をあてて
解かれてゆく車輪の音や足音を振り向かずに

抱きしめて

光の崖に立てば
涙はもう地上へと零れてはいかないから
わたしはもうどこにも安息の地を求めない
この世でも、あの世でも
繋げない手を繋いで

風の野原
　濁っていても　いつも　きれいな空
静かに降り注いでゆく永遠のなか
芒の下で眠っているものに口づけをして

ねぇ　ここからいなくなることを許して
遠く　星に傷ついて歩いてゆくわたしを
あなただけは許して

月の畦道

夕陽はそっと片目を閉じて
石膏の雲にエノテララマーキアナ
細かな粒子を運んでゆくのは清虚の風
夕暮れの昏い虹色のカーテンに檜葉のうたが揺れて
指先が空に触れるように雲の縁から馬の鬣が靡いてゆけば
花の香りが残る西の空を見つめる東の空を見つめて
（そこにある菫青石の心臓を抱えて
これから生きるんでしょう？）
森の中から虫の声が祈りのように聞こえてくれば
らせんの空、と呟く瞳が透けてゆく声の中で手をのばして
そのかなしみは時間を失くし続ける
（でも羅針盤はきっと喜ぶ）

町の中を漣のように歩いて
影になった橋を渡って
梢のように空を見上げれば
もう帰る場所のないわたしの　あなたの声
ねぇ、人の血管から樹液がこぼれたらよかったの？
すべての人の血管から一度は樹液がこぼれたらよかったよ
月の光に誘われて　二つの瞳をひらいて
もう誰にも見えなくなる　ずっとそばにいる
細かな粒子を運んでゆく清虚の風　肌色の風を抱きしめて
坂道を揺らす泡立ち草のひとつひとつと目を合わせて
解けない砂時計を見つめるように
喉を空に還して（畦の一本道　耳を澄ませて
もう聞くことのできないものが
わたしになる　秋の野原）
火星も月も雲に隠れて
白く燃えてゆく叢
何もない野原に生まれて
こんなにも死者を失くした野原に生まれて

近づいて記憶を失くして
近づいて身体を失くして
もしここに残ってゆくものが人の形でなかったなら
わたしはここに一度も生まれてこなかった
（もう　それでいいよね？　わたしたち）夏を忘れて
飛び廻っている羽虫の一つ一つの伝記
交わる星が灯す青い火に
涙を失くして
季節を失くして
身体を失くしても
それでも今日は銀色の柳の木の下を一緒に歩いていても
いいよね

誰も知らない場所で

雲も影もみんな風に浚われて
あとは空が涙を流すように星を光らせていたから
わたしはただ白い息をこぼしているだけで
ここにあなたがいることがわかった

罌粟の花が彼方を揺らし
萌黄色の炎が坂道を駆け下りて行く春の訪れに
それでもわたしは薄くなる肌に点滅する迷子を抱えて
瞳の裏に降り積もる雪の道を歩いて
火星と木星と土星が一度に浮かび
川が夜空を延々と流れてゆく日には
誰も知らない故郷の風景を揺らしながら

静かに眠り続ける命があるから
その命を守るために生まれてくる命はなくても
その命を守るために変わってゆこうとする命がここにはあるから
もう月にしか手紙を書けない寂しさを
散らばった歴史を抱きしめるたびに流れる透明な血液に重ね
事実を事実として受け取るたびに裂けてゆく心を
閉ざされた瞳に映る空の姿、土地の姿に重ねて
衛星のように暗い宙をどこまでも歩いて
盲目になって巡り合う光のことを
何度も星に伝える
人々に伝える
（そのときにはじめて
大人になれなかったわたしの瞳からは
海や愛がこぼれてゆくのだと思う）
この丘をまた訪れたときには
もう生きていないさびしさを胸いっぱいに広げるように
別れの意味を失った空
その引力を永遠に抱いて

もう生きていないあかるさを胸いっぱいに広げるように
風になってわたしは何度もあなたを呼ぶ
そのときにはじめて
死んでもまだこのせかいを愛そうとしていることを
わたしはあなたに伝えられるのだと思う

星の身体

風を抱いて
目を覚ますように揺れる山茶花を抱いて
白椿
八つ手を溶かす水色の
版画の空
光の波を上って
尾長の羽根の川を上って
櫨の木が包んでいた百年のさびしさ（出会い直すたびに溢れる
砂の音）
静かに渡ってゆく青白い雲の潮騒
指先に反射する
瞳の償い

……人への信をなくしても
生きるの？
………あと何年？何千年？何年？
………いつだっていいでしょう
いつだって………いつだって………
たくさんの罪を作るために生まれた
百年のさびしさからも離れてしまう
身体の星（瞳に溜まる雨が
こぼれてゆく先にある瞳がいま
あなたを愛している）
星の身体

覚書

どんな時代に生まれたとしても、詩と現実はひとつづりであるように、そこにいる人の姿を想うことは、その人が生きていた現実の地面や空を想うことである。その命が対峙していたもの、その命が守ろうとしていたものを自らに問うこと、そこに都度の現在と結ばれてゆく詩の現実がある。一人では抱えきれなかった想いが零れ落ちるように差し出され、それをまた誰かが人の姿として受け取ってゆく。詩は決して個を立脚し得るのではなく、立脚せざるを得なかった個の生を見つめる行為自体が共に在ろうとする場を開いてゆく。そのような抒情の姿は、詩の形式とは人と人との営みそのものであることをいつも私に伝える。頼れるものが自らの身体しかなくなったとしても、そこにある瞳が見つめているものの、最後まで身体に残されているものをこの世界に留めようとする言葉の中には、必ず自らではない命に触れる場所があることを、詩の歴史は何度も私に語りかける。世界から命の根源的なかなしみを失くさないように、私もまた心の真実を求めてきた詩の歴史をこれからも辿ってゆく。異なる時間に生まれ、異なる場所を生きていても、詩のかけがえのない対話がそれぞれの命を共に支え合う場所を開き続けることを私は信じている。いまここにいてもいなくてもわたしはいつでも身体を失くした人の姿であなたの身体を抱きしめる。

二〇二五年二月　著者

著者略歴
福島直哉　ふくしま　なおや
一九八九年　神奈川県横浜市生まれ
著書『わたしとあなたで世界をやめてしまったこと』（二〇一六年　書肆子午線）
現住所　〒二四五―〇〇六二　神奈川県横浜市戸塚区汲沢町一六三―五―一〇七
fukushima1989nn@yahoo.co.jp

星《ほし》の身体《からだ》

著者　福島直哉

発行日　二〇二五年三月三一日

発行人　春日洋一郎

発行所　書肆　子午線

〒一六九-〇〇五一　東京都新宿区西早稲田一-六-三筑波ビル四E

電話　〇三-六二七三-一九四一　ＦＡＸ　〇三-六六八四-四〇四〇

メール　info@shoshi-shigosen.co.jp

印刷・製本　モリモト印刷

ISBN978-4-908568-51-0　C0092